가족의 가족

그림 **조태겸**

대학에서 서양화를 전공하고 일러스트레이터로 활동 중입니다.
일러스트 그룹 '별마루' 회원으로 활동하면서 어린이를 위한
그림책을 그리고 있습니다.
그린 책으로는 〈정글의 아들 쿠메와와〉,
〈모아 왕의 왕궁 짓기〉 등이 있습니다.

가족의 가족

글 고상한 그림책 연구소 | 그림 조태겸

상상의집

민지에게 금붕어가 생겼어요.
곧 동생도 생긴답니다.

"가족사진을 걸면 어떨까?"
엄마가 벽을 가리키며 말했어요.
민지는 현수네 집에 걸린 멋진 가족사진을 떠올렸어요.

민지는 엄마와 아빠 사이에 앉았어요.
"그런데 엄마, 가족이 뭐예요?"
엄마는 고개를 갸웃하며 대답했어요.
"한집에 살면 가족이지."

"그럼 우리 금붕어도!"
민지는 얼른 방으로 달려갔어요.

"그런데 엄마, 같이 살지 않으면 가족이 아니예요?"

엄마는 또 고개를 갸웃하며 대답했어요.

"아니, 한집에 살지 않아도 부모와 자녀는 가족이야."

"그럼 외할아버지랑 외할머니도 가족이네요?"

"응, 엄마의 가족이지."

민지가 갑자기 외쳤어요.
"아, 이모도 있잖아요!"

이모를 깜빡 잊을 뻔했지 뭐예요.

이모는 이모부랑 같이 살지는 않지만,

이모네 집에는 귀여운 사촌 동생 지우가 있어요.

"언니, 외삼촌이 없어!"
이번에는 지우가 두리번거리며 물었어요.

외삼촌은 군대에 갔지요.

외할머니는 외삼촌이 군대에 갈 때 조금 우셨어요.

우리는 외삼촌을 만나러 면회를 갔어요.

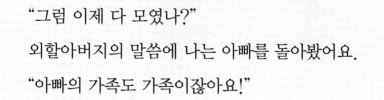

"그럼 이제 다 모였나?"

외할아버지의 말씀에 나는 아빠를 돌아봤어요.

"아빠의 가족도 가족이잖아요!"

우리는 모두 아빠의 아빠, 그러니까 할아버지네 집으로 갔어요.

할아버지는 농사를 지으세요.

할아버지네 소는 나보다 나이가 많다고 했어요.

증조할머니도 지팡이를 짚고 나오셨어요.
"어이구 어르신, 여기까지 나오시고."
증조할머니는 나이가 아주 많으세요.
하지만 아직도 정정하시죠.
"큰놈이는 어디 갔냐?"
"아, 큰아버지!"

증조할머니는 큰아버지를 큰놈이라고 불러요.

증조할머니에게는 손자니까요.

큰아버지는 할아버지 댁 가까이에 사시지요.

"안녕하세요."

큰아버지와 결혼한 지 얼마 안 된 큰어머니는 말레이시아에서 오셨어요.

하지만 한국말을 아주 잘하세요.

"큰어머니의 가족도 가족이잖아요?"

"그럼, 큰어머니의 가족도 우리 가족이지."
큰아버지는 말레이시아에 갔을 때
찍어 온 사진을 보여 주셨어요.
"이렇게 멀리 있는데도 가족이라니 신기해요."

세상은 가족의 가족으로 연결된 커다란 가족이에요.

나는 가족으로 이어진 지구를 떠올려 보았어요.

우리 집에 가족이 늘었어요.

엄마가 동생을 낳았거든요.

눈을 꼬옥 감고 있는 아기는 마치 인형 같아요.

"민지 어릴 때랑 똑같네."

나는 조심스럽게 아기 발을 만져 보았어요.

동생이 태어난 기념으로 가족사진을 찍었어요.
'아빠, 엄마, 나, 동생.'
우리 집에 사는 우리 가족이랍니다.

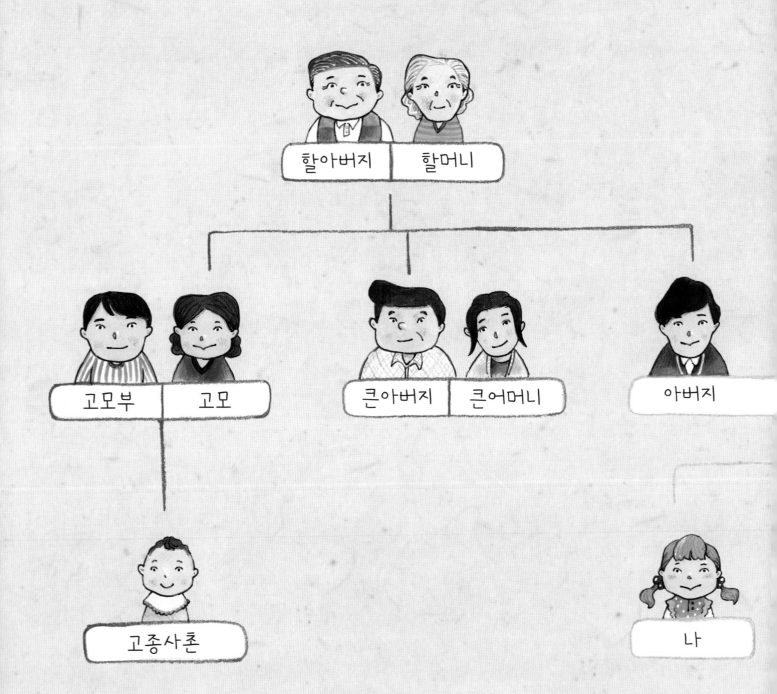

외할아버지　외할머니

어머니

이모

외삼촌

동생

이종사촌

★ 다양한 가족이 있어요

남자와 여자가 만나 부부가 되거나 아이를 낳아 부모와 자녀의 관계로 맺어지는 것을 가족이라고 하지요. 한집에 사는 사람들은 가족이라고 생각하기 쉬워요. 하지만 꼭 함께 살지 않아도 끈끈한 유대를 바탕으로 살아가는 사람들도 가족이라고 한답니다.

대가족과 핵가족

여러 가족이 모여서 함께 살면 하나의 마을이 이루어지지요. 이렇게 여러 마을이 모여 예절과 규범을 가진 사회를 이루고, 사회가 발전하면 국가가 탄생해요. 옛날에는 농사를 짓고 살았기 때문에 일손이 많이 필요했어요. 그래서 자녀가 결혼을 해도 집을 떠나지 않고 부모님과 함께 사는 대가족이 많았지요. 하지만 산업화·도시화가 되자 가족의 형태에 변화가 생겼어요. 농경 사회와 달리, 사람들은 직업과 일터에 따라 거주지를 옮겨 다니게 되었거든요. 사람들은 보다 단출한 가족의 형태를 추구하게 되었고, 그렇게 해서 부모님과 자녀만 함께 사는 핵가족이 나타났답니다.

다문화 가족

서로 다른 국적, 인종, 문화를 가진 남녀가 이룬 가족이나 그런 사람들이 포함된 가족을 널리 의미해요. 우리나라에서는 우리와 다른 민족 또는 다른 문화적 배경을 가진 사람들이 포함된 가족을 모두 일컫는 말이에요.

이 밖의 다양한 가족

부모님 중 한 분만 계신 한 부모 가족, 입양아를 받아들임으로써 법률적 의미의 부모-자녀 관계가 형성된 입양 가족, 조부모가 손자·손녀를 키우는 조손 가족, 재혼을 통해 가족이 형성된 재혼 가족, 북한에서 이탈한 북한 이탈 주민 가족 등이 있어요. 어떤 모습의 가족이든 서로를 사랑하고 아끼는 마음은 똑같답니다.

★ 가족과 친척

아버지의 가족이나 어머니의 가족을 통틀어 친척이라고 불러요. 혈연으로 맺어졌거나 혼인이나 입양 등으로 새롭게 가족이 된 사람들이지요. 요즘에는 부모와 자녀끼리만 사는 경우가 많아 명절이나 집안 행사 때 친척을 만나면 호칭과 관계가 헷갈리고는 해요.

우선 아버지의 가족인 '친가'부터 살펴봐요. 아버지의 아버지는 할아버지, 아버지의 어머니를 할머니라고 해요. 아버지의 형은 큰아버지, 아버지의 동생은 작은아버지, 아버지의 여자 형제는 고모라고 하지요. 큰아버지나 작은아버지의 자녀는 사촌이라 부르고, 고모의 자녀는 고종사촌이라고 부른답니다.

어머니의 가족은 '외가'라고 해요. 어머니의 아버지는 외할아버지, 어머니의 어머니는 외할머니라고 해요. 어머니의 남자 형제는 외삼촌, 어머니의 여자 형제는 이모라고 불러요. 외삼촌의 자녀는 외사촌, 이모의 자녀는 이종사촌이라고 불러요.

이 호칭들을 표를 만들거나 가계도, 가족 나무 등의 그림으로 표현하면 호칭과 관계를 이해하기가 더 편하답니다.

친척의 호칭과 친척 관계 알아보기

아버지와 관계된 친척(친가)		세대	어머니와 관계된 친척(외가)	
관계	호칭		관계	호칭
아버지의 아버지 (어머니)	할아버지 (할머니)	할아버지(할머니) 또래	어머니의 아버지 (어머니)	외할아버지 (외할머니)
아버지	아버지	아버지(어머니) 또래	어머니	어머니
아버지의 남자 형제(배우자)	(큰, 작은) 아버지(어머니)		어머니의 남자 형제(배우자)	(큰, 작은) 외삼촌(외숙모)
아버지의 여자 형제(배우자)	(큰, 작은) 고모(고모부)		어머니의 여자 형제(배우자)	(큰, 작은) 이모(이모부)
큰(작은)아버지의 자녀	사촌	내 또래	외삼촌의 자녀	외사촌
고모의 자녀	고종사촌		이모의 자녀	이종사촌

▲ 가족 나무

가족의 가족

글 고상한 그림책 연구소 ┃ **그림** 조태겸
펴낸날 2022년 2월 15일 개정판 1쇄
펴낸이 김상수 ┃ **기획 · 편집** 이성령, 권정화, 조유진 ┃ **디자인** 문정선, 조은영 ┃ **영업 · 마케팅** 황형석, 임혜은
펴낸곳 루크하우스 ┃ **주소** 서울시 서초구 사임당로 50 해양빌딩 504호 ┃ **전화** 02)468-5057 ┃ **팩스** 02)468-5051
출판등록 2010년 12월 15일 제2010-59호

www.lukhouse.com
cafe.naver.com/lukhouse

ISBN 979-11-5568-503-7 64800
ISBN 979-11-5568-493-1 (세트)

※ 잘못된 책은 구입처에서 바꾸어 드립니다.
※ 값은 뒤표지에 있습니다.

상상의집